# Alexandre Weill

---

# COUPS DE MÈCHE

D'UN

## VIEUX JEUNE AUX JEUNES VIEUX

---

## 50 CENTIMES

---

PARIS

Chez E. DENTU, 3, Place de Valois (Palais-Royal),

ET

Chez L'Auteur, 11, Faubourg Saint-Honoré

—

1889

# HEUREUSEMENT IL A VOLÉ !

Moi, le premier, j'ai dit il y a bientôt deux ans aux veules républicains du gouvernement: « Si vous n'expulsez pas Boulanger, il vous expulsera ! » Il s'en est fallu de bien peu qu'il ne soit parvenu, non à expulser les républicains, car une bonne partie, s'il avait été vainqueur, se serait tournée du côté du manche et du budget, mais la République! Ce n'est pas un pur accident que cet homme ! C'est un microbe grouillant sorti de notre pourriture. Toute sa force était dans la faiblesse de nos gouvernants, et cette faiblesse n'est pas un mal aigu, une fièvre chaude, mais un mal chronique, une fièvre putride. On se vante, on vante beaucoup l'énergie du ministère actuel, l'audace qu'il a montrée en déférant la Boulange à la haute cour du Sénat. Je ne demanderais pas mieux que de joindre ma voix, si mince fût-elle, aux chœurs chantant victoire sans bataille, qui retentissent de toutes parts. Mais je ne le puis sans mentir. La vérité est que *le coquin a couru après le châtiment et non le châtiment après le coquin !*

La haute cour elle-même n'aurait pas vaincu Boulanger rebelle et conspirateur politique ! Elle n'a point vaincu Rochefort. Drôle de justice, qui condamne un coupable et qui lui permet d'injurier tous les jours dans son journal et ses juges et la République ! Drôles de justiciers qui fabriquent une

chaîne de forçat et qui se la laissent escamoter par une ficelle !
Est-ce qu'elle ne pouvait pas en deux lignes défendre à Boulanger et à Rochefort *condamnés* de ne plus jamais publier
un mot en France, sous peine de cinquante mille francs
d'amende pour l'imprimeur et le journal qui oseraient enfrein-
dre cette clause? Tas de gribouilles, qui condamnent un
homme à la mer et qui ont peur de le mouiller !

Boulanger n'a point pris la fuite de peur de nos ministres
et de nos sénateurs. Il n'a pas filé parce qu'il a conspiré au
vu et au su de tout le monde, à la porte même de nos assem-
blées, parce qu'il a voulu mettre à terre la République pour
monter dessus, car ces sortes de nains politiques, n'espérant
pas escalader le pouvoir à force de talent et de vertus qui leur
manquent, cherchent par des crocs en jambe à le renverser
par terre, juste à la hauteur de leurs petitesses ! mais

## PARCE QU'IL A VOLÉ !

Heureusement pour ses ennemis officiels moutonniers, qui
n'ont rien du lion, il a volé. On sait que les marlous politiques, le jour de leurs émeutes, ne craignent rien tant que de
passer pour voleurs. Les assassins mêmes de Septembre n'ont
eu rien de plus pressé à faire que de se disculper d'avoir volé.
Le peuple a un mot cocasse bien caractéristique pour ce sen-
timent: *Canaille tant que vous voudrez, mais mauvais genre
jamais.* Le vol c'est mauvais genre. Boulanger Catilina peut
être appelé canaille ! Il s'en fiche. Mais Boulanger voleur,

fi donc ! C'est mauvais genre ! Il n'y a pas d'autre raison, quoi qu'on en dise, pour la fuite en Égypte sur ses ânes de ce Messie venu pour racheter un tas de scélérats de leurs péchés originels mais non originaux. S'il n'avait fait qu'assommer la République, il aurait dit comme Antony :

Elle m'a résisté, je l'ai assassinée.

mais il lui a volé une bonne moitié de son trésor, et il y avait des reconnaissances de monts-de-piété accusatrices ! et alors ! ... En route !

## SES ADVERSAIRES.

La plupart de ses adversaires, sauf quelques écrivains de talent de premier ordre, ont été d'une faiblesse notoire ! On ne combat pas des sacripans de cette sorte avec du style et des pensées ! Autant combattre un brigand ayant à la main un revolver chargé de six coups avec un vieux fusil incrusté de diamants ! Il faut rendre injure pour injure et surtout coup pour coup ! Cela me rappelle une petite fille de la halle qui, voyant une voisine injurier sa mère, la tiraillait par sa robe en lui criant : « Maman ! appelle-la putain avant qu'elle ne t'appelle ! »

Seul M. Lissagaray, comme un vrai détectif volontaire, a pris la Boulange au collet, l'a empoignée et, après lui avoir fait craquer les os, par les mêmes coups de Jarnac dont elle était coutumière, l'a renversée et l'a foutue au violon, après lui avoir cassé la gueule ! Grâces lui en soient rendues !

# LA PRESSE RÉPUBLICAINE VIS-A-VIS DE BOULANGER.

Il y avait cependant un moyen sûr pour la presse républicaine de se défaire de Boulanger et de ses cauchemardiers dès leurs débuts. C'était de se liguer et de promettre sur l'honneur de ne jamais prononcer son nom, ni celui de ses complices à aucun prix ; de ne jamais insérer d'eux ni une allocution, ni un discours, ni une démarche, ces discours fussent-ils prononcés à la Chambre ; de ne parler ni de leurs voyages, ni même des mesures du gouvernement contre eux, sauf les dernières lignes des jugements prononcés par la justice. C'est ensuite de s'engager à ne jamais lire un journal boulangiste, même si on vous le donnait gratis et de prier les lecteurs des journaux républicains d'imiter cet exemple. Un jour que j'ai vu Murger malade, je le priai de se soigner. « Ces sortes de maladies, me répondit-il, se soignent le mieux par le mépris. Si elles augmentent, on leur coupe une jambe ! »

On aurait pu charger à tour de rôle un journaliste de talent d'écrire un article de mépris et même d'injure contre le Boulangisme, article qui aurait dû être répété dans tous les journaux. Puis en dehors de la presse et puisque le gouvernement avait perdu la tête ou n'en avait pas, il aurait fallu former une *ligue des Gourdins* (je l'avais proposée), composée de tous les honnêtes gens jeunes et vigoureux pour recevoir dignement et au risque d'yeux pochés les camelots boulangistes, qui seraient descendus dans la rue pour faire du boucan. Car, je le répète toujours, sauf les enfants, ce qu'on ne fait pas soi-même n'est pas fait dans ce monde, et malheur aux peuples qui comptent sur leurs gouvernements d'aujourd'hui pour défendre leurs principes les plus sacrés, leur honneur et même leur vie ! Les gouvernants n'existent plus pour les gouvernés, mais les gouvernés pour les gouvernants ! La loi de Darwin règne partout, en haut comme en bas, surtout en haut ! La plupart de nos ministres sont des struggleforlifers *arrivés*, tous philosophes qui supporteraient très bien les malheurs … des autres, à moins que ces autres ne puissent les renverser ! Et encore ! Où sont donc les têtes de tous nos ministres prévaricateurs du passé, et d'un passé récent, qui ont ostensiblement manqué à tous leurs devoirs?

Je les vois tous —j'en connais plus de dix, dont des généraux, — qui font discours sur discours qui se ressemblent comme des pommes pourries à des pommes cuites, trop molles pour les leur jeter. Heine dit quelque part : « En Angleterre et en France la royauté absolue n'est plus possible, les Anglais et les Français ayant décapité un roi ! La liberté religieuse ne sera un fait accompli que quand on aura fait guillotiner un pape, » Boutade à la Heine ! Moi je dis : Aussi longtemps qu'on n'aura pas fusillé un ministre, qui a ostensiblement manqué à ses devoirs de policier et de justicier national au risque de sa vie, il n'y aura pas une heure de sécurité pour aucun citoyen paisible. Mais quoi! nous avons à Paris une commission de jésuites, au-dessus de la loi de justice, qui grâcie des assassins parce qu'ils promettent

d'aller à la messe et de se confesser, et d'un président de:
la République qui a le droit de grâce; droit qui ne fut:
jamais accordé librement aux rois absolus, mais qu'ils ont
usurpé avec le reste, au nom du droit du plus fort!

Pour revenir à nos journaux, les 950,000 lecteurs ignares
fils et filles d'ignorantins du *Petit Journal*, ne les laissent pas
dormir. Ils se sont tous mis au niveau de ce chiffon de re-
portage et de feuilletons de viols, de vols et de dols, dode-
linant entre le boulangisme et l'antisémitisme. Il n'y a pas.
de pet d'histrionne lâché au delà des Alpes, ni de coups de
couteau lancés dans une maison de tolérance, qu'ils n'in-
sèrent tous sous de grosses rubriques! On dirait que les
journaux ont trop de place et pas assez de rédacteurs! Cependant il n'y a jamais eu, à aucune époque, autant de journa-
listes et d'hommes de lettres qu'aujourd'hui! Et ils seront
tous décorés. Dieu reconnaîtra les siens à leurs paletots! (1).

## LA TOUR EIFFEL ET LA TOUR DE BABEL.

Je me suis tu pendant toute l'Exposition, mais je n'en
pensais pas moins. Je n'ai jamais rien admiré, excepté Dieu,
créateur de la femme et de la fleur, et ma femme pour son

---

(1) A ce sujet, M. Lissagaray (l'homme n'est pas parfait) a cherché une querelle
d'Allemand à M. Magnard, en prétendant que M. Magnard avait demandé la
décoration, et que sur le refus il avait tourné un instant au boulangisme.
D'abord il n'est pas vrai que Magnard ait demandé cet appendice à son pardessus, puisque cette croix ne décore plus le dedans, mais seulement le dehors
des Français. M. Magnard l'eût-il demandée, le ministre qui la lui aurait re-

courage héroïque de m'avoir épousé ! Tout est possible à l'homme, pourvu qu'il se mette sous un rayon de l'axe divin qui le fait toucher à toutes les hauteurs. Etant roi de tous les êtres faibles moins bien doués que lui de liberté, il doit arriver à voler dans l'air comme l'oiseau, à nager dans la mer comme un poisson et avec l'électricité, en vertu de laquelle les planètes fortes gravitent autour des planètes faibles, en leur donnant lumière et chaleur sans les écraser, l'homme arrivera à correspondre avec les êtres qui habitent d'autres planètes, où il retrouvera peut-être certaines femmes-anges qui pour leur expiation, ont vécu quelque temps sur la terre. Mais à une condition : c'est que à force de justice et de vertus, la paix universelle soit maintenue sur la terre !

La guerre, loin d'être l'œuvre directe des puissants de la société, n'est qu'un châtiment inévitable que le Temps, seul justicier de Dieu, fait sortir des vices, des crimes et des iniquités de l'homme. Et tout vice, tout crime, sont l'exploitation d'une faiblesse par une force, de même toute vertu et toute justice sont le dévouement d'une force pour des êtres plus faibles.

Sous ce rapport il n'y a rien d'entièrement nouveau sur la terre. Entre la tour Eiffel et la tour de Babel il n'y a que la différence que voici. *La tour de Babel était le commence-*

fusée serait une f... bête. On peut appliquer aux décorés le mot que M^me de Feuchère a adressé a une catin : « Cela leur fait tant de plaisir et cela nous coûte si peu !

Mais aujourd'hui les femmes cumulent. En même temps qu'elles coiffent, elles décorent.

*ment d'un siècle de pierre. La tour Eiffel est le commence-*
*ment d'un siècle de fer !*

Le Français ne connaît guère la Bible. Comme Schoppen-hauer, il ne l'aime pas parce qu'il ne l'a pas lue et il ne l'a pas lue parce qu'il ne l'aime pas !

Voici l'histoire humaine, sans miracle, de la tour de Babel. Avant cette époque les hommes, pour bâtir des villes, étaient restreints à des contrées montagneuses où il y avait des pierres de taille. Soudain on découvrit l'art de faire des pierres artificielles (des briques) avec la terre glaise brûlée et de bâtir des maisons moyennant un ciment calcaire servant de mortier. Cela se trouve en toutes lettres (Genèse, chap, XI, du verset 1 jusqu'au verset 10). Dès ce jour, grâce à cette invention, les hommes choisirent la belle et fertile vallée de Schinéor pour y bâtir une ville avec une tour qui devait dépasser les montagnes les plus hautes. Fiers de cette invention qui était en effet une grande révolution, les hommes se disaient, comme ceux d'aujourd'hui : « Nous n'avons plus besoin d'un nommé Dieu. » On nous dit qu'il demeure au ciel ; nous allons y entrer pour voir ce qu'il a dans le ventre. Mais ils n'y arrivèrent pas, attendu qu'une société sans Dieu se divise en autant de partis qu'il y a d'individus. Religion veut dire *lien.* C'est par le lien *du Devoir* que les hommes, *l'un se mettant derrière l'autre,* arrivent tous. Dans une société *de Droit,* les hommes se plaçant de front, *l'un à côté de l'autre,* ne peuvent se tenir debout qu'aussi longtemps qu'ils ne marchent pas. Au premier commandement de marcher, c'est la confusion des langues, chacun voulant arriver le premier. On se tue l'un l'autre, et quant à avancer, impossible ! Le monde n'est pas assez large ! Eh bien, il en sera de la tour Eiffel comme de la tour de Babel, et avant peu !

## SEULE DÉCLARATION DE GUERRE DE LA RÉPUBLIQUE FRANÇAISE A L'EUROPE MONARCHIQUE !

De temps en temps les journaux monarchiques prussiens et italiens, dans des articles perfidement amicaux, font entendre que la paix européenne dépend uniquement de la France ; que si la France voulait donner des garanties de paix, l'assurance de ne point commencer la guerre, l'Europe trop heureuse dormirait tranquille et ne s'occuperait plus d'augmenter continuellement les cadres de ses armées !

Ou ces journaux ne savent pas ce qu'ils disent, ou c'est un prétexte cousu de fil blanc pour allumer une guerre européenne contre la France.

Mais, malheureux monarchistes que vous êtes ! si la France républicaine garde seulement la paix pendant vingt ans encore et qu'elle sache régler ses affaires sans dissensions et sans déchirements intérieurs, toutes vos monarchies peuvent aller se fouiller ; toutes vos monarchies, y compris celle de l'Angleterre, tomberont d'elles-mêmes comme des châteaux de cartes renversés et éparpillés par quelques vigoureux coups de pied assénés par les peuples qui les subissent. Vous croyez donc qu'on vous aime pour vous-mêmes, n'ayant aucune qualité distinctive pour lesquelles on est aimé ?

Détrompez vous ! Les monarchies n'ont pu se maintenir en Europe que parce que les Républiques européennes jusqu'à ce jour leur ont servi d'épouvantails et de croquemitaines. La République américaine ne peut pas encore compter comme modèle, attendu qu'il n'y a qu'une vingtaine d'années qu'elle n'a plus d'esclaves.

La République française, ayant deux fois sombré par l'anarchie, traînant à la remorque le despotisme, les monarchies ont pu avoir une raison d'être, même sans être constitutionnelles. Entre l'anarchie et le despotisme il n'y a que la différence que voici. L'anarchie c'est de la boue liquide, le despotisme c'est la même boue congelée. Vienne un coup de soleil et la boue se liquéfie de nouveau. L'Europe actuelle, grâce « à la force primant le droit » de Bismarck, patauge dans ces deux boues.

La France n'a pas besoin de déclarer la guerre. Elle serait folle à lier si elle y pensait !

Sa guerre à elle, dont la victoire est sûre et certaine, c'est de bien se porter, de se tenir debout, de prouver par son existence même que la République est la seule forme de gouvernement, n'ayant pas d'autre but que d'améliorer le sort de la grande majorité du peuple.

Qu'en vertu de son principe, les forts s'y dévouent pour les faibles, au lieu de les exploiter !

Que dans un pays où il n'y a ni privilège d'argent, ni aristocratie de naissance, ni hiérarchie féodale et militaire, où tout citoyen exerce sa part de pouvoir gouvernemental par un bulletin de vote et son droit de critique contre des injustices exercées contre lui, de quelque part qu'elles viennent, par la presse, toute violence, toute tentative de soulèvement et de rébellion par la force, ainsi que toute descente émeutière dans les rues, est considéré comme un crime de lèse-nation, de lèse-paix et de lèse-liberté, et punie de mort sans miséricorde.

Cette paix extérieure assurée, la République n'a qu'une seule chose à faire.

## VIVRE !

Et cette vie lui suffira sans faire un mouvement au dehors pour amener la mort certaine de toutes les monarchies d'Europe ! C'est la seule et unique propagande à faire.

En 1849, Veuillot, qui était mon ami, venait presque tous les matins chez moi, ou pour déjeuner avec moi dans ma maison, ou pour me conduire déjeuner dans un petit restaurant à côté. Naturellement, il venait dans l'arrière-pensée de me convertir au catholicisme, et ne se gênait pas pour me le dire. Il y avait un grand charme dans sa parole et j'aimais à l'entendre causer, ne fût-ce que pour prendre quelques leçons d'élocutions originales et spirituelles !

Un jour, il arriva avec un paletot tout neuf qui lui allait très bien. Qui vous a fait ce pardessus ? lui demandai-je, et quel est le prix que vous l'avez payé ?

Il me nomma son tailleur. Le prix du vêtement était très modique !

Mon ami, lui dis-je, aujourd'hui même j'irai chez votre tailleur commander le même paletot, absolument le même !

Mais si vous m'aviez dit : « Voilà un paletot dont je vous recommande le tailleur, et si vous n'y allez pas vous serez damné dans ce monde-ci et dans l'autre, » je vous aurais ri au nez et ne serais jamais allé chez votre tailleur !

Eh bien ! faites-moi la même chose pour votre religion. Prouvez-moi qu'elle est mieux faite que la mienne et qu'elle est surtout meilleur marché, je l'adopterai d'emblée. Mais non seulement vous ne me donnez aucune preuve de la meilleure façon de votre religion, mais encore vous me dites de temps à autre, que seule elle est la félicité et le salut, que la mienne est maudite et que je serais damné si je ne la troquais pas contre votre paletot, pardon, contre votre religion ! Décidément, je n'irai pas chez votre tailleur !

Depuis ce jour, il n'est plus revenu ; mais j'ai porté longtemps le paletot de son tàilleur.

La République française n'a pas autre chose à faire. Qu'elle prouve que son paletot, de meilleure étoffe, est mieux fait et meilleur marché que les autres, et toute l'Europe ira chez son tailleur.

## MAIS VIVRA-T-ELLE ?

L'Exposition ne prouve rien. Celle de 1867 a été également ment un grand succès. On n'a qu'à lire une brochure que j'ai publiée après la clôture de cette exposition, dans laquelle je prédis à l'Empereur en personne ce qui lui est arrivé trois années plus tard. Ce ne sont pas des prédictions de somnambule, mais des effets logiquement forcés, sortant inévitablement des causes existantes ; effets tirés par l'inexorable temps, qu'aucun pouvoir ni divin ni humain ne pouvait annuler par un miracle ou par le pardon !

Je n'appliquerai pas à l'Exposition le mot de David : *Si Dieu ne bâtit pas la maison, c'est en vain qu'un grand nombre de gardiens la gardent.* Bien que le mot Dieu n'ait pas été prononcé une seule fois dans les milliers de discours improvisés à l'occasion du centenaire de quatre-vingt-neuf, *qui fut exclusivement l'œuvre de nos grands aïeux, tous disciples de Voltaire et de Rousseau, tous déistes,* œuvre gigantesque des Girondins, détruite par les athées de la Montagne dont Robespierre, malheureusement pour lui et pour la France, croyait pouvoir se servir comme instruments pour son ambition, et que les hommes d'aujourd'hui seraient incapables d'accomplir, on se moquera des paroles menaçantes de l'amant de Bathseba !

La France, en réalité, n'est divisée qu'en deux partis : catholiques et athées ! Pour tous les Français, Dieu c'est Jésus ! même pour ceux qui le rejettent comme une idole humaine. C'est précisément parce qu'il n'y a pas d'autre Dieu dans les pays catholiques que Jésus, que tous ceux qui n'y croient pas, rejettent toute idée de Dieu et deviennent athées, en français, des *sans-Dieu* !

Je n'aurai donc garde de parler au nom de Dieu en parlant politique. Seulement, à ceux qui m'appelleront *Juif*, je répondrai *que j'aime mieux être juif moi-même que d'en avoir un comme eux pour mon Dieu !*

## LOGIQUE FORCÉE DES CAUSES ET DES EFFETS.
## L'ÉGALITÉ !

La république n'est pas un principe, c'est la conséquence matérielle d'un principe spirituel.

Elle n'est pas *cause*, mais *effet*. Elle n'est pas *verbe*, mais *chair !*

Prenons l'Égalité d'abord, devise plus chère aux Français, dit-on, que la liberté !

Il n'y a absolument pas d'égalité matérielle dans la nature. Il n'y a pas deux feuilles qui se ressemblent, pas plus que deux nez ! Il n'y a que les discours de nos hommes d'Etat qui tous se ressemblent ; j'évite toute comparaison.

Les peuples de Rome et d'Athènes que nos républicains aiment à citer, n'avaient pas une idée d'égalité dans leurs plus hardis idéals. Platon admet l'esclavage et la promiscuité des femmes. Socrate n'en parle pas une seule fois, quoiqu'il ait eu l'idée d'un seul Créateur, d'un seul Dieu !

L'Égalité a été créée par Moïse. Lui, le premier dans l'humanité, a proclamé une seule force créatrice, *une et unique*, qui a mis une parcelle de son essence spirituelle et autonome dans toutes les créatures créées par lui dans tous les mondes visibles et invisibles ! *Ce qui rend tous les êtres créés sans exception égaux devant le Créateur ! Égaux en* **qualité**, contenant tous une dose plus ou moins forte de cette essence autonome ! Tous solidairement liés ensemble par cette même parcelle divine qu'ils contiennent. *L'inégalité des êtres que nous voyons n'existe que* **dans la quantité** *de cette dose essentielle, nullement par la qualité !* L'homme, selon Moïse, contient en soi la plus forte dose spirituelle et divine, et c'est pourquoi Moïse, le premier, dit que le Créateur, qu'il appelle l'*Etre*, Yéhovah (mot qu'il a inventé), a créé l'homme à son image !

Les peuples idôlâtres, ayant créé leurs dieux à leur image, *ravalent Dieu à l'homme! Moïse, le premier, a élevé l'homme vers Dieu, qu'il appelle en toutes lettres : fils de Dieu !* Nom que Jésus a revendiqué pour lui seul.

Il n'y a donc absolument pas d'égalité admissible sans l'idée que tous les êtres sont égaux, non pas par eux-mêmes (ils ne le sont pas matériellement), mais par l'essence, si mince fût elle, qu'ils ont reçue en naissant par un Créateur; car nul ne s'est créé soi-même, pas même l'athée Hovelacque. Sans cette *qualité égale* en tous, les faibles seraient les esclaves des forts, ce qui en effet a lieu dans tous les pays où règne l'idolâtrie ou l'athéisme; tandis que le Créateur, tout en rendant ses créatures matériellement inégales, en les douant les unes moins bien que les autres, a créé les forts pour les faibles. Plus un être est fort, plus nombreux sont ses devoirs envers les faibles ; car de ces devoirs accomplis seuls jaillissent les droits naturels des faibles ! Faute de ces droits, contribuant au bonheur des forts, les forts eux-mêmes ne sauraient exister seulement vingt ans ; attendu que par la loi de solidarité universelle de tous les êtres, solidarité qui n'existe ni dans l'idolâtrie ni dans l'athéisme, les malheurs qui frappent les faibles privés de leurs droits, s'étendent sans miséricorde sur les forts mêmes et les font engloutir dans le châtiment et l'expiation universels. Il n'y a pas de loi contre la loi de Dieu, qui est en même temps celle de la nature !

## LA LIBERTÉ.

Voyons maintenant la liberté. A quoi sert la liberté de l'homme et son option libre entre une action et une autre, si le bien, la vertu et la justice ne conduisent pas, au bout de quelque temps, au bonheur, non pas dans un autre monde (lettre de change donnée par le prêtre, qui ne lui coûte rien, et qui n'a jamais été endossée par un Dieu quelconque), mais dans ce monde-ci ; si le vice et l'iniquité ne contiennent pas le germe du malheur pour l'individu comme pour la société ; s'il y a au-dessus de l'homme un pouvoir divin, qui par sa volonté arbitraire, ou par amour pour des flatteurs ayant foi en lui et qui croient pouvoir se le rendre favorable par dons, sacrifices, prières et larmes de repentir, fussent-ils de fieffés chenapans, peut changer les effets naturels du mal en bien, ou du bien en mal par le pardon et un miracle ?

Il n'y a pas de liberté possible pour un être humain sans une loi immuable, inexorable, sans un Dieu qui fut ce qu'il est et ce qu'il sera, qui n'a jamais changé et qui ne changera jamais ! sous laquelle loi la vertu est toujours la mère du bonheur, et le vice le père du malheur, non immédiatement, car alors plus de liberté ! mais au bout de quelques années par le Temps ! La *Vertu* étant la Justice volontaire qu'exerce le fort envers le faible, la société ne repose que sur la *Justice*, qui force les forts à la *Vertu* obligatoire, reposant sur ce seul et unique principe, savoir : forcer les forts à faire leurs devoirs, afin que les faibles jouissent de leurs droits qui en jaillissent, seul principe enfin de paix et de prospérité nationale !

Il m'est impossible de résumer ici toutes les conséquences de ces principes, que je répète d'ailleurs dans tous mes écrits. Répétons pourtant encore la vérité banale suivante sur la nature.

Il n'est pas vrai que dans la nature les forts dévorent les faibles, comme le prétendent les disciples crétins de Darwin, qui, s'il a été sincère, ne fut qu'un gredin scientifique. On n'a jamais vu les bœufs, les chevaux et les éléphants, animaux de bien très forts, dévorer des moutons, des chèvres et des agneaux, leurs semblables plus faibles qu'eux. Il n'y a que les animaux de mal, fauves, reptiles et insectes monstres qui dévorent les plus faibles qu'eux. Mais ces animaux de mal ne sont pas des êtres créés par Dieu, ce sont des créations spontanées sorties des vices et des crimes des humains, de même que tous les fléaux, tels que guerres, pes-

tes et maladies ! La malpropreté physique enfante spontanément, sans l'intervention d'aucun dieu, des poux, des puces,
des punaises, des rats et toute la kyrielle de microbes et de
vibrions malfaisants. Il en est de même de la malpropreté
morale. Quand les hommes manquent à leurs devoirs, non
seulement envers leurs semblables, mais encore envers des
êtres inférieurs, tels que les bêtes et la terre, être vivant exi-
geant ses droits de culture, les poux et les punaises que cette
terre produit spontanément selon sa dimension s'appellent :
tigres, serpents, sauterelles, etc.

Dès que l'homme cultive la terre partout, toutes ces créatures spontanées disparaissent. De même quand la force, fai-
sant son devoir au nom de la justice, oblige les forts de se dé-
vouer aux faibles, les hommes jouissent de la paix et sont
heureux. Dès que la force remplace le droit, c'est-à-dire la
justice, en sacrifiant les faibles aux forts, la guerre avec tous
ses fléaux en sort naturellement, comme un enfant des en-
trailles de sa mère, et avec la guerre toutes les ruines et toutes les misères, inévitablement, inexorablement !

Il n'y a ni prière, ni larmes, ni sacrifices, ni repentir, pour
empêcher ces malheurs. La loi de Dieu est inexorable. *Elle
s'appelle Justice et non Amour! Il s'appelle Yehovah, l'Etre
étant, et non Jésus ou Bouddha !* C'est la loi universelle qui
a toujours existé et qui existera toujours. On le voit, il n'y a
ni liberté, ni égalité, ni fraternité (mot qui remplace la solidarité) possibles sous un régime social sans Dieu, ou avec un
Dieu qui viole sa loi par un miracle ou par le pardon !

## - UN GENDARME POUR CHAQUE VOYOU
## ET UN MOUCHARD POUR CHAQUE GENDARME.

Et de fait aucune république n'a jamais pu s'établir solidement dans un pays catholique, encore moins dans un pays athée ! S'il n'existe pas de loi en vertu de laquelle l'homme, surtout le jeune homme, fait son devoir de fils envers ses parents, qui ont rempli tous les leurs envers lui, sans l'accomplissement desquels il n'existerait pas — (décrétez donc le *droit de téter* si la mère ne veut pas donner son lait à son enfant), et envers la patrie, qui, par la Justice, a permis à ces parents d'accomplir leurs devoirs, en leur garantissant la propriété et la vie contre les voleurs et les assassins ; *s'il n'y a que la force et le combat d'être plus fort, au lieu d'être plus juste, il vous faudra un gendarme pour chaque voyou de quinze ans, et un mouchard pour chaque gendarme. Aucun budget ne pourra suffire en peu d'années* pour un tel état de choses.

Nous en sommes là !

## NUL CHANGEMENT DE DYNASTIE NI DE RÈGNE
## SANS CHANGEMENT DE RELIGION.

Et d'abord, il n'y a jamais eu ni changement de dynastie ni changement de forme de gouvernement sans changement de religion, à commencer par Jéroboam le fils de Salomon, qui pour fonder le royaume d'Israël, a remplacé Yéhovah par les dieux d'Égypte. Pour le second temple Esra a plaqué la religion persane sur celle de Moïse. Les rois de Thrace avaient un Dieu particulier et défendaient au peuple de l'adorer. En Allemagne, toutes les dynasties nouvelles ou renouvelées ont adopté la religion de Luther.

Cromwell, pour introduire la République, a aboli la religion catholique. A quarante ans, ce général, qui n'a jamais perdu une bataille, n'avait pas touché un fusil, mais il avait Moïse et ses lois dans le ventre, non seulement le Moïse du Décalogue, mais le Moïse qui, descendant du mont Sinaï et voyant le peuple en révolution avec le veau d'or et qui venait d'assassiner Hour, son ami et compagnon inséparable, s'écria : « qui est avec moi et Yéhovah ? — Nous ! lui dirent les Lévites. — Prenez vos glaives, leur dit Moïse, et massacrez toute cette canaille !

Et ils en tuèrent trois mille en un jour.

Les princes d'Orange n'ont pu s'établir sans avoir changé la religion dynastique des Stuarts. En France même, les Capétiens, combattant la prépondérance papale instituée par les Carlovingiens, ont créé le gallicanisme. Robespierre, pour consolider la République, a senti le besoin de l'Être suprême. Mais entouré d'athées et ayant frayé avec eux, il tomba avec eux !

Si Napoléon avait introduit en France la religion hugue-

notte comme religion officielle, sa dynastie régnerait encore !
Le catholicisme est la robe de Nessus de la monarchie française, morte avec lui. Ils seront enterrés ensemble.

Même cas en Amérique.

Aucune république ne durera ni avec le catholicisme ni
avec l'athéisme ! Ah, si vous aviez un principe religieux au-
dessus de toutes ces vieilleries (car Dieu ne travaille pas dans
le vieux), principe officiellement proclamé et enseigné dans
les hautes et les basses écoles, vous pourriez laisser toute
liberté à toutes les synagogues, à toutes les églises, à toutes
les chapelles qui se ressemblent toutes. En face de la vérité,
en face d'une religion conforme à la raison et que tout honnête homme de n'importe quel pays, peut enseigner, haut le
front, à ses enfants, l'erreur ne tiendrait pas longtemps. Mais
ce n'est pas avec l'athéisme, avec l'absence de toute religion
que vous vaincrez le catholicisme, ni aucun *isme*. Ce n'est
pas avec le vide que vous chasserez le plein, ce plein fût-il
bourré de toiles d'arraignées !

C'est comme la chanson de Hugo : *Si vous n'avez rien à
me dire*, pourquoi êtes-vous là ? Allez vous en ! Pour enterrer
sa raison et vivre comme une brute ! sans avoir besoin de
penser à quoi on doit penser, il n'y a pas de religion plus
commode que le catholicisme. C'est comme un riche million-
naire, abandonnant ses millions stériles qu'il ne saurait gérer
à un intendant. L'intendant du catholique c'est le prêtre. On
n'a même pas besoin de le choisir. Le bureau de placements
à Rome se charge de cette besogne !!

# JE VOUS EN DÉFIE !

Je vous défie de vous unir pendant trois mois seulement sur des questions purement matérielles, sur des lois exclusivement d'affaires, ces lois fussent-elles de première nécessité ! La matière ne lie pas, l'argent non plus. Il n'y a que l'idée, la pensée, ce ciment divin qui vient d'en haut, qui lie les cœurs et c'est encore l'idéal, cette électricité spirituelle qui fait vibrer tous les cœurs à l'unisson et qui en fait une armée invincible.

L'idée de la patrie même sans l'idéal de l'immortalité, est un non sens avec l'athéisme. C'est même un non sens pour le catholique, car le vrai catholique, s'il y avait une guerre entre la France et le pape, n'hésiterait pas. Il se battrait pour le pape contre sa patrie !

Ah ! vous croyez, avec quelques vieilles perruques sans tête parmi vous, pouvoir laisser de côté toute question religieuse, je vous en défie !

La logique est plus forte que les hommes, car la logique (logos) c'est Dieu !

Il n'y a ni liberté, ni égalité, ni justice possible avec un Dieu qui absout les plus grands criminels, moyennant dons et repentir après coup, qui change le bien en mal et le mal en bien par des miracles, par la violation de ses propres lois. Ce Dieu-là n'est qu'un mauvais parlementaire qui fait des lois pour les violer et des constitutions pour les faire reviser par ses Boulanger. Sous la République tout prêtre est un conspirateur perpétuel dont l'inspiration et l'encouragement permanents viennent d'un prince étranger. Vous lui couperiez même le rôt et le pot, il n'en deviendrait que plus provoquant !

Il a beau faire le mort, c'est comme le bloc de farine de la fable. *Il vous croquera, si vous ne le croquez pas !*

A Dieu ne plaise que je vous demande de le dévorer, ou de le brûler comme il l'a fait à vos prédécesseurs pour sauver leur âme ! Vous n'aurez qu'à opposer à ses idoles le vrai Dieu, le dieu de tous les hommes de génie de l'histoire, car le génie c'est l'esprit de Dieu sur terre !

Non seulement vous les vainquerez sans verser une goutte de sang, mais par cela même vous consoliderez la République pour longtemps, pour toujours peut-être, comme l'ont prédit les prophètes mosaïstes, comme l'ont rêvé nos géants d'hommes de quatre-vingt-neuf !

Et cette guerre, que vous le vouliez ou non, éclatera toute seule au milieu de vous. Et malheur à vous et à la république si vous n'êtes pas armés et préparés.

Car s'il y a une armée qui tue avec une poudre sans fumée, c'est bien l'armée cléricale !

## RÉPUBLICAINS MODERÉS !

Qu'est-ce qu'on penserait d'un père qui, en présentant un mari à sa fille, lui dirait : Ma fille, je te présente ton futur

mari. Il a beaucoup de qualités, *il est surtout très modéré !*
Eh bien ! c'est précisément le langage que tiennent les jour-
naux·soi-disant modérés à la République, en lui présentant
ses fiancés nouvellement élus. Ils ressemblent surtout à
Figaro dans sa fameuse diatribe sur la presse sous l'ancien
régime. Pourvu disent-ils, que vous ne touchiez ni à la religion, ni au capital, ni aux revenus, ni à la magistrature, en
un mot, ni à Dieu ni à diable, vous pourriez réunir tous les
républicains dans un seul groupe tout à fait uni.

Le joli mariage ! La belle union ! Vous avez un pied gan-
grené. Les médecins ne savent pas se mettre d'acord sur
la manière de le couper. Arrive un médecin modéré, abonné
au journal de MM. Say et C$^{ie}$, qui, pour les mettre d'accord,
leur conseille, devinez quoi? *de commencer par lui couper
les cors !* C'est absolument la même chose avec les différentes
lois à faire que proposent les modérés, dont toute la modéra-
tion consiste dans l'impuissance.

## LES INVALIDES CIVILS.

Que les républicains apprennent donc que, pour consolider
la République, la première loi à faire, loi fondamentale ins-
crite dans la devise : Liberté, Égalité, Fraternité, est d'as-
surer à chaque honnête travailleur, homme et femme, un
morceau de pain pour ses vieux jours, quand il ne pourra
plus travailler. On se plaint de la corruption de la jeunesse,
de la malhonnêteté de nos domestiques, de nos employés ; à

tout instant il est question d'un caissier qui mange la grenouille. Les ouvriers, dit-on, ne cherchent du travail que pour ne pas en trouver. Toutes ces plaintes, tous ces vices sociaux, tous nos crimes mêmes disparaîtront quand l'homme et quand la femme seront sûrs d'avoir un morceau de pain dans leur village, quand ils ne pourront pas travailler. La prostitution même disparaîtra peu à peu ! Voilà trente ans que dans tous mes écrits, dans mes pamphlets, mes brochures et mes livres je demande que l'État s'occupe de cette question capitale, question brûlante sous tous les rapports.

Vous aurez beau changer la forme de gouvernement, mettre un président à la place d'un roi, changer tous les trois mois de ministres, réformer toutes vos lois, sans l'établissement d'Invalides civils, vous n'aurez ni paix ni tranquillité, et pas un citoyen ne sera sûr de sa fortune ni de sa vie! De quel droit puis-je demander à mon voisin d'être plus honnête que moi? Vous dites que par l'honnêteté seule on arrive à la fortune. Mais cette fortune gagnée, comment l'assurez vous? Je connais trois travailleurs qui depuis trente ans ont très honnêtement travaillé, eux et leurs familles. Ils viennent de perdre toute leur fortune au Comptoir d'Escompte et au Panama, et ils ont plus de soixante ans ; sans compter les malheureux employés du Comptoir d'Escompte. J'en connais qui y sont depuis trente ans et qui avaient placé toutes leurs économies dans les actions du Comptoir. Le fait est que la République ne garantit ni la fortune ni la vie. Nos lois sur le vol sont toutes faites en faveur du voleur contre le volé, et quant à l'assassin, il n'y a de pitié et de larmes de crocodile que pour lui ! Quelle différence pour le vol dans les lois de Moïse ! Le voleur, selon ces lois, est forcé de payer au volé le double, le triple, parfois le quintuple, selon le caractère plus ou moins odieux du vol. S'il est insolvable, il faut qu'il travaille pour payer sa dette.

S'il refuse, il travaillera forcément ; il n'y a pas d'autres travaux forcés, et l'État, qui le paye comme un ouvrier ordinaire, ne prélève sur son travail que les frais de logement et de nourriture. La dette payée, le voleur rentre dans tous ses droits d'homme et de citoyen. Quant à l'assassin avec préméditation, la mort sans grâce ! « Tu le prendras sur l'autel même, » dit Moïse. Sans préméditation, le meurtrier pouvait se réfugier dans une ville fixée à ce sujet, pour se soustraire à la loi du talion, où il restait interné jusqu'à la mort du président !

## ET L'ARGENT ?

Connaissez-vous l'histoire de l'homme qui vend de l'eau pour les punaises ? Il en avait déjà vendu une soixantaine de flacons, quand une femme lui demanda le moyen de s'en servir. Rien de plus simple, répond le Mangin. On les prend et on les jette dedans ! Vous demandez où est l'argent, je vous réponds : Rien de plus facile : On le prend ! J'ajouterai même rien de plus juste !

Ce n'est pas un ou deux pour cent qu'il faut prélever sur

les revenus et les bénéfices au-dessus de dix mille francs de
rente à Paris et de cinq mille francs en province, mais

## DIX POUR CENT !

Comme Moïse l'ordonne dans ses lois, lois que la noblesse et
le clergé catholiques ont usurpées et renversées en leur faveur. Au lieu de payer la dîme *pour* les pauvres, ils ont
prélevé cette dîme *sur* les pauvres pour les riches !

Les millionnaires juifs et protestants ne se plaindront pas
de ce prélèvement. C'est la loi de Moïse ! C'est la loi de
la Bible ! Quant aux catholiques, la trop grande richesse est
un péché mortel selon l'Evangile. Et pour que les riches trop
lourdement chargés puissent entrer au ciel, il faut absolument les soulager un peu et agrandir les trous des aiguilles
pour que ces chameaux y passent !

La France n'a plus d'enfants, crie-t-on de toutes parts. Les
Français, surtout les Françaises, n'en veulent plus ! Le fait
est qu'en les regardant on peut dire à leurs père et mère,
qui n'ont point suivi cet exemple, que ce n'est pas ce qu'ils
ont fait de mieux !

La première cause de cette stérilité volontaire, c'est le par-
tage égal forcé des enfants, et le droit de tester selon leur volonté ôté aux parents. Mais comme c'est une loi fondamentale de la Révolution qu'on ne pourra pas facilement changer,
il n'y a qu'un moyen facile à appliquer. Ce moyen, le voici :
Défendre aux célibataires et aux parents sans enfants de

disposer de leur fortune après la mort de deux conjoints. Cette fortune doit revenir à l'État pour les Invalides civils. Il y a en France plus de malades que de vieillards, et pourtant on a trouvé l'argent pour soigner tous les malades, même pour soigner ceux qui les soignent, peut-être plus qu'ils ne le méritent!

## A M. GEORGE OHNET.

Vous m'avez déjà volé la *nuit de noces* de ma pièce *Un Monde nouveau*, que j'ai publiée en 1874 et que je vous ai remise moi-même chez votre oncle le Dr Blanche. De cette nuit de noces volée vous avez fait le clou de votre *Maître de forges*. Je n'ai jamais eu de procès. La vie est trop courte. Tôt ou tard, quand je ne pourrai plus travailler, je revendiquerai certainement mon droit, ne fût-ce que pour n'avoir pas l'air d'avoir volé un indigent de lettres comme vous. En attendant, dans mon *Paris Mensonge* je n'ai pas cessé de signaler votre flagrant plagiat que Voltaire appelle tout court un vol.

Mais pie voleuse que vous êtes, car vous n'êtes qu'une pie, vous venez encore de récidiver et de me voler l'histoire de *la première femme* de ma *Nouvelle Phèdre* que vous avez démarquée, en lui donnant le titre de *Dernier Amour*, que le *Figaro* vient d'insérer comme feuilleton. J'en ai fait la remarque à M. Magnard, mais M. Magnard, comme la grande majorité de la presse de Paris, ne croit pas au plagiat ou

l'innocente. — Et *Jacques* de George Sand? m'a-t-il répondu.
Cela prouve que mon ami Magnard ne connaît *Jacques* que
par ouï dire. Mais moi, qui ai tout lu, qui lis encore tout,
même ce que j'écris, je lui fais observer que Jacques ne se
tue *qu'après avoir perdu ses enfants et après avoir eu trois
duels pour sa femme, qui est enceinte de son amant!*

*Il fallait que Jacques se suicidât ou qu'il tuât sa femme!*
Mais je défie toute la presse parisienne de me citer un roman
avant le mien dans lequel une femme honnête et sans
tache, par amour pour son mari, se tue pour que son époux
puisse épouser la jeune fille qu'il aime! ou bien encore une
nuit de noces pareille à celle de ma pièce. Plusieurs roman-
ciers honnêtes et qui se respectent m'ont reproché de n'a-
voir fait de cette histoire, qu'un épisode, au lieu d'un long
roman. Vous, Monsieur Ohnet, vous ne m'avez donné ni demandé aucun conseil. Vous avez mieux aimé faire une effrac-
tion dans ma *Phèdre* et m'en voler le plus petit, mais aussi
le plus portatif bijou et que vous avez refondu en plusieurs
bâtons de Bourguignon, pour la facilité de la vente! Vous
n'êtes qu'un vulgaire voleur!

*Ma première Femme* n'est pas une invention de mon ima-
gination. C'est l'histoire de la femme du poète Burger, qui
s'est empoisonnée pour permettre à son bien aimé mari d'é-
pouser Molly, sa propre sœur. Cet empoisonnement n'est pas
prouvé par la chronique de l'histoire. On sait seulement que
l'épouse de Burger est morte six semaines après lui avoir
amené un soir sa sœur, en disant au poète : « voilà ta femme. »

Mais je tiens le fait d'empoisonnement d'une de ses nièces, et il y a trente ans que j'ai raconté ce drame de famille dans trois feuilletons de la *Démocratie pacifique*. Il m'est permis à moi de me voler ou de déplacer mon bien ! Cela ne vous arrivera pas, vous connaissez trop votre valeur.

La presse de Paris, on ne peut le nier, est favorable aux plagiaires et aux plagiats. Elle cite à l'appui de son recel les paroles qu'on met dans la bouche de Molière : « Je prends mon bien où je le trouve ! » Si Molière a dit cela en toute sincérité ! il n'a fait que répéter ce que dit le premier des brigands et le dernier des voleurs.

Mais quoi ! me dit-on. Le plagiat est partout. Oui ! pour ceux qui n'ont pas un quart d'idée originale dans la tete et qui disent : il faut bien que je vive. Mais non ! sac à papier ! Il ne faut pas du tout que vous viviez, si vous ne pouvez vivre qu'en dérobant le bien d'autrui !

La vérité est que depuis vingt ans tous les romans à succès se ressemblent comme (la comparaison est de Shakespeare) un œuf pourri à un poussin avorté. Depuis Flaubert, Zola et Maupassant tous les premiers héros de nos romans en vogue ne sont que des voleurs, violeurs et doleurs, et toutes les héroïnes, des putains de dessus ou de dessous le panier. Tous canailles ! aussi bien ceux qui les écrivent que ceux qui les lisent sans protester !

ALEXANDRE WEILL.

# DU MÊME AUTEUR

**MA JEUNESSE,** contenant : *Mon Enfance, Mon Adolescence, Réginele mon premier amour,* augmentée de **MES ANNÉES DE BOHÈME,** complètement inédites, 1 volume de 650 pages. . . . . . . . . . . . . . . . . . . . . . 3 fr.

**MES POÉSIES** d'Amour de Jeunesse, la plupart inédites. . . . . . . . . . . . . . . . . . . . . 2 fr.

**LA NOUVELLE PHÈDRE,** *drame de famille,* complètement inédit, 2<sup>me</sup> édition, 1 volume. . . . . . . 3 fr.

*Vient de paraître :*

**CRIS D'ALARME** *aux Juifs de France, d'Allemagne, d'Angleterre et d'Amérique* . . . . . . . . . . 1 fr.

Paris. — Imp. Paul Dupont (Cl ) 2065.11.89.